APOTHÉOSE

DE

BÉRANGER

HYMNE

A

L'ESPÉRANCE

DÉDIÉ A NAPOLÉON III

Par C. BEUF-LAMY.

CLERMONT-FERRAND,
TYPOGRAPHIE DE PAUL HUBLER, LIBRAIRE.

1858.

APOTHÉOSE

DE

BÉRANGER

HYMNE

A

L'ESPÉRANCE

DÉDIÉ A NAPOLÉON III

Par C. BEUF-LAMY.

CLERMONT-FERRAND,

TYPOGRAPHIE DE PAUL HUBLER, LIBRAIRE.

1858.

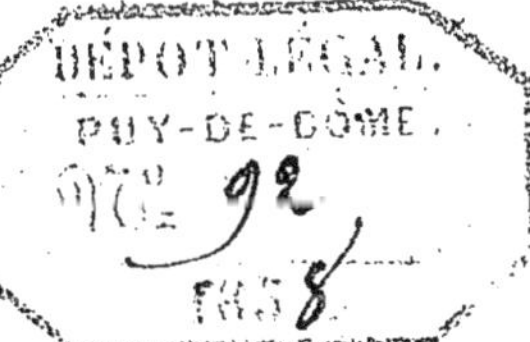

APOTHÉOSE

DE BÉRANGER.

Sagax ventura vidit, alterque Tyrteus
mares animos versibus exacuit.

Sous les lambris du temple de mémoire,
Au Panthéon, un luth est suspendu,
Voilé d'un crêpe attaché par la Gloire
Et par l'Honneur de tristesse éperdu.

De Béranger l'âme s'est envolée
En soupirant un son mélodieux ;
A ton poète élève un mausolée,
Peuple géant, au front majestueux.

Dans l'infini guidé par l'Espérance,
En s'éloignant il te fait ses adieux ;
Ecoute :... Honneur aux enfants de la France !...
Pour eux je vais intéresser les cieux.

Ce mâle accent, ce vœu patriotique,
Ce feu sacré d'un héroïque amour
Fait tressaillir d'un élan sympathique
Les habitants du céleste séjour.

De pénétrer dans l'éternelle sphère
Deux chérubins sont venus le prier :
La Charité, qui calme la misère,
Et le Plaisir, qui la fait oublier.

Ses bons amis, Manuel et Laffite,
Sont accourus gaîment pour l'embrasser ;
Tous les esprits jadis hommes d'élite
Serrent leurs rangs pour le laisser passer.

Châteaubriand avec reconnaissance [1]
L'a salué ; Fénelon et Vincent [2],
Même Henri IV, accueillent sa présence,
Et Marchangy s'incline en rougissant [3].

Dans l'Elysée, asile sans mirages,
Assis auprès du bon roi d'Yvetot,
Napoléon, au-dessus des orages,
Voit Béranger et s'écrie aussitôt :

Des nobles cœurs saluant le modèle,
Avec transport l'Honneur dira toujours :
Il célébra sur sa lyre immortelle
La Liberté, la Gloire et les Amours.

Tout jeune, épris du beau laurier d'Arcole,
Il révéla son poétique instinct ;
Le seul bon sens fut son maître d'école,
Et le progrès dessina son destin.

Chez Guttemberg [1], dont l'humaine pensée
Sans cesse à flots jaillit sur l'univers,
Il rencontra l'ange de l'Odyssée,
Et de ses yeux admira les éclairs.....

Dès ce moment, d'Horace et de Tyrtée
Il égala les sublimes accents ;
Sous les verrous sa muse tourmentée
A la raison prodigua son encens.

Quand tu glissas dans le sang et la poudre,
O mon pays ! il cria dans ses vers :
« Tu peux tomber, mais c'est comme la foudre,
« Qui se relève et gronde au haut des airs. »

Quand la valeur gémit dans les alarmes,
Victime, hélas ! d'un sort injurieux,
De la patrie il essuya les larmes
Avec les plis d'un drapeau glorieux.

De ce drapeau secouant la poussière,
Il conserva ses brillantes couleurs ;
Voilà pourquoi le monde le révère
Si riche encor de lauriers et de fleurs....

Noble étendard, Béranger, ton prophète,
Adorateur du Dieu des bonnes gens,
De l'avenir te plaça sur le faîte
Pour repousser les abus outrageants....

Pour signaler le récif et la plage
Au bâtiment qui perd son horizon,
Le préserver des horreurs du naufrage
Et le conduire au port de la Raison.

Des nobles cœurs saluant le modèle,
Avec transport l'Honneur dira toujours :
Il célébra sur sa lyre immortelle
La Liberté, la Gloire et les Amours.

Ami de l'ordre, ennemi du délire,
Qui s'égayait de nos sombres hivers,
Il proclama le droit sacré de dire...
Que le soleil féconde l'univers.

D'un demi-siècle il a chanté l'histoire,
A ses refrains le monde fit écho,
De Sainte-Hélène aux rives de la Loire,
Du Mont-Thabor aux champs de Marengo.

Barde fidèle à sa foi politique
Et s'élevant au plus sublime ton,
En un couplet grave et philosophique
Il fit souvent l'abrégé de Platon.

Au Désespoir sourd au cri des apôtres,
Il dit un jour avec un triste émoi :
« Se faire aimer, c'est être utile aux autres,
« Aimer, aimer, c'est être utile à soi.... »

En invoquant la lumière éternelle ,
Dont la splendeur éclairait son chemin ,
Il convia d'une voix fraternelle
Les nations à se donner la main.

Plein de mépris pour ces haines revêches ,
Qui de l'Érèbe irritent les serpents ,
Sur le Maroc [5] il décocha ses flèches ;
Le peuple rit et siffla les forbans.

Son doux regard, sa fine bonhomie,
Du sentiment exprimait la vigueur ,
Et quelquefois d'une secte ennemie
Son héroïsme a dominé le cœur.

Comme l'aimant, par un profond mystère,
Attire à lui du fer la dureté,
Par sa nature, aimable caractère ,
Il attira la popularité....

Des nobles cœurs saluant le modèle ,
Avec transport l'Honneur dira toujours :
Il célébra sur sa lyre immortelle
La Liberté, la Gloire et les Amours.

Jamais l'orgueil, ce fléau du génie ,
De Béranger n'altéra la bonté :
Sujet du peuple et roi de l'harmonie ,
Il n'aspira qu'à la simplicité.

Dans le réduit d'un artisan modeste ,
En le créant Dieu lui dit : Ne sois rien....
Et lui, docile à cet ordre céleste ,
Se rit du faste et n'aima que le bien.

Quand Philomèle, à l'aube printanière,
Loin des réseaux put moduler ses chants ,
Il ne voulut orner sa boutonnière
Que de la fleur qui parfume les champs.

Si la jeunesse offrait à la patrie [6]
Des vœux, de l'or et son sang généreux :
Vous honorez une mère attendrie ,
Leur disait-il ; enfants, je suis heureux !

Jamais amant n'eut pour sa douce amante,
Plus de tendresse et de fidélité
Que Béranger pour la vertu charmante
Qui pousse l'homme à la divinité.

Oh ! ce n'est pas une étoile qui file,
Cette belle âme aux reflets séduisants :
D'un astre immense, immuable, immobile,
C'est un rayon sur l'abîme des ans.

La Vérité, qui ne flatte personne,
L'Eternité d'accord avec le Temps,
A Béranger décerne une couronne
Inaccessible au souffle des autans.

Des préjugés bravant l'intolérance,
Mais souriant aux héros malheureux,
Ce nom chéri brillera sur la France,
Comme un flambeau de la voûte des cieux.

Des nobles cœurs saluant le modèle,
Avec transport l'Honneur dira toujours :
Il célébra sur sa lyre immortelle
La Liberté, la Gloire et les Amours.

HYMNE

A L'ESPÉRANCE

DÉDIÉ A NAPOLÉON III.

—————⋙⋘—————

A ton culte sacré mon âme est asservie ;

Délices du présent, charme de l'avenir,

Sœur de la Charité, je veux toute ma vie

    T'aimer et te bénir.

Sans tes puissants attraits et tes vertus divines,

Qui changent en zéphir le souffle des autans,

L'univers ne serait qu'un amas de ruines

    Où dormirait le Temps.

Quand d'un poison secret on remplit mon calice [7],
Le droit de me venger par toi me fut promis....
Venge-moi, bonne fée... inspire la justice
    A mes noirs ennemis.

Enchaîne dans l'oubli de sa demeure sombre
L'hydre qui des humains mord et flétrit le cœur ;
Et de tous les démons qui trafiquent dans l'ombre,
    Que l'amour soit vainqueur.

Colonne des croyants, étoile tutélaire,
Qui fais évanouir la brume de nos jours,
Tantôt sur le Sina, tantôt sur le Calvaire,
    Tu triomphes toujours.

Tu protéges les arts, ornement de la terre,
De la création sublimes polisseurs,
Et ranimes l'ardeur de l'ange humanitaire
    Contre les oppresseurs.

Tu couvres de lauriers le danger des batailles,
Couronnes des héros, relèves des remparts ;
De l'affreux Désespoir déchirant les entrailles,
    Tu brises les poignards.

Si quelque malheureux parfois, dans son délire,
Jette son âme à Dieu, qui ne l'appelait pas,
C'est pour nous faire voir que sans ton doux sourire
     Rien n'est bon ici-bas.

Quand les vents déchaînés et mugissant de rage
Du terrible Océan ont déchiré le sein,
Aux matelots tremblants à l'aspect du naufrage
     Tu présentes la main.

Lorsqu'un torrent fougueux échappé des montagnes
Entraîne dans son cours le toit du laboureur,
Et ravage en grondant les fertiles campagnes,
     Tu souris au malheur.

Berçant le genre humain comme un enfant qui crie
Auprès d'une marâtre, en sa vague douleur,
Tu contrefais la voix d'une mère chérie
     Pour égayer son cœur.

Oubliant, grâce à toi, les hivers de son âge,
Le vieillard fredonnant, rayonnant de gaîté,
Sème, plante, bâtit, embellit pour l'usage
     De la postérité.

Des cœurs infortunés aimable souveraine ,
Tu léguas à l'honneur le nom de Fabius,
Et parmi les roseaux de la plage africaine
    Consolas Marius.

Pour alléger le poids d'une douleur fatale,
Le prestige et l'amour, par ta voix appelés,
Font un panorama de la terre natale
    Aux pauvres exilés.

Charmé par ton sourire, adorable Espérance,
Napoléon captif, plus grand que ses revers,
Du haut de son écueil voyait encore la France
    Reine de l'univers.

Ange consolateur, seconde Providence,
Toujours des malheureux tu flattes les désirs,
Et leur montres de loin la corne d'abondance,
    Les Ris et les Plaisirs.

Telle on voit du printemps la brise caressante
Bannir le triste hiver hérissé de glaçons,
Et mener dans la plaine une foule brillante
    De légers papillons.

Tu conduis au tombeau nos dépouilles mortelles,
Et, voilant de la mort l'appareil odieux,
Tu nous portes enfin sur tes rapides ailes
  Jusqu'au sommet des cieux....

O céleste génie ! objet de mon hommage,
Fais scintiller ton prisme à mes yeux réjouis ;
Il ne faut à mes vœux que l'estime du sage,
  Et le bonheur pour mon pays....

Arrache nos cyprès, Sagesse évangélique,
Et montre nous partout les oliviers en fleurs....
Qu'Aristide revienne au foyer domestique
  Endormir ses douleurs.

Va porter ma requête au premier de l'Empire,
Dis lui : « La liberté légitime les rois....
» Plus de fers aux croyants; c'est le Christ qui m'inspire,
  » Daigne écouter sa voix.

» Du peuple souverain étonnant mandataire,
» Dieu, qui mit dans tes mains le sceptre de Titus,
» Te chargea d'embellir la route humanitaire,
» De la semer d'amour, de gloire et de vertus.

» *Soyons amis, Cinna, c'est moi qui t'en convie*.....
» Est un titre d'honneur et d'admiration
» Qui d'Auguste longtemps a protégé la vie
» En émoussant les traits de la sédition.

» Fonde sur le granit la grandeur de la France ;
» Tout monument périt sur des sables mouvants.
» Fils de la Liberté, souris à l'Espérance,
» Mets la France à l'abri de la foudre et des vents.

» Vaincus par le destin, soumis à sa puissance,
» Séduits par l'avenir que je lis sur ton front,
» Tes ennemis d'hier, devant la bienfaisance,
» Avec la liberté demain s'inclineront.

» Chevaleresquement ils ont rompu leur lance....
» Admire leur candeur dans la captivité....
» Dérobés au soleil, ils souffrent en silence....
» Ah ! fais ouvrir pour eux les prisons de Corté. »

Et moi, pour le louer, humble maître d'école,
Aux enfants confiés à mes soins paternels
Je dirai : Mes amis, à la palme d'Arcole
Louis ajoute encor des lauriers immortels.

Il veut que le Progrès, sous la main qui le guide,
Répande l'abondance et calme les douleurs,
Se promène gaîment comme une onde limpide
Qui sur un sable d'or coule parmi les fleurs.

Il veut que le travail, qui construit et féconde,
Jouisse dignement du fruit de ses bienfaits;
Que le soc honoré soit le sceptre du monde,
Et qu'il brille toujours au congrès de la paix.

Il suit les mouvements de la nature humaine,
Des nobles passions il sonne le réveil....
Quand le hibou s'endort dans l'ombre souterraine,
L'aigle au milieu des airs contemple le soleil.

Toujours préoccupé de la France qui l'aime,
Philosophe d'état, inspiré de Solon,
Et du Sphinx étonné résolvant le problème,
Il soustraira l'abeille au pouvoir du frélon.

Le malheur a pour lui des droits à l'indulgence.
En mariant l'Honneur avec la Liberté....
Ministre du destin, sans haine et sans vengeance,
Il a subi les lois de la nécessité.

Battu par tous les vents, sans mâts et sans boussole,
Le vaisseau du Progrès heurtait contre l'écueil ;
De l'Ordre la tempête emportait la parole,
Et l'Océan partout s'ouvrait comme un cercueil.

La Liberté sombrait sous la vague en furie ;
Colomb, pour la sauver, l'enchaînant sur son bord,
Aux acclamations des voix de la patrie,
Triomphante à jamais la conduit dans le port.

L'équipage joyeux, doté d'un nouveau monde,
De la Concorde alors hissant le pavillon,
Ne craignant plus la faim ni la rage de l'onde,
Par des cris d'allégresse a salué Colomb.

Enfants ! la liberté c'est le droit de bien faire ;
L'honneur, c'est d'obéir à qui commande bien,
D'aimer l'autorité que le peuple confère,
D'être de ses vertus le plus ferme soutien.

Amis, si vous veillez un jour aux Tuileries
Pour le salut du peuple et de l'autorité,
Chevaliers du devoir, sentinelles chéries,
Laissez avec respect passer la Vérité.

Protégez-la toujours, dissipez ses alarmes ;
Elle est souvent en butte aux complots des pervers ;
Par ordre souverain, présentez-lui les armes !
Elle est fille du Dieu qui créa l'univers....

Mais si vous rencontrez le Mensonge funeste
Invoquez l'Espérance et les mânes d'Assas,
Et contre les fureurs de Médée ou d'Oreste
Croisez baïonnette, ô valeureux soldats !...

NOTES.

(1) Tout le monde connaît l'élégant réquisitoire de M. Marchangy contre Béranger. Le magistrat et le poète étaient parfaitement dans leur rôle : l'un défendait, par devoir, la cause du retour aux vieilles institutions ; l'autre, les conséquences de 89. Le temps, le meilleur de tous les juges, a donné raison au dernier.

(2) Saint Vincent de Paul, le protecteur des orphelins, le modèle sublime de la charité, a des droits imprescriptibles à la vénération des peuples civilisés par l'Évangile.

(3) En 1830, Châteaubriand, dominé par une louable mais trop susceptible conviction, se retira sur la terre étrangère. Béranger fit à ce sujet une élégie où brillent les plus nobles sentiments :

> N'entends-tu pas la France qui s'écrie :
> « Mon beau ciel pleure une étoile de moins ! »

Cette voix vibra éloquemment dans l'âme de l'auteur d'*Atala*.

(4) Béranger a été ouvrier typographe.

(5) Allusion à la chanson intitulée *la Sainte-Alliance barbaresque*.

(6) En 1848, notre poète national fut nommé président de la commission chargée de recevoir les offrandes faites à la patrie et apportées avec enthousiasme par des adolescents qu'avait choisis l'autorité municipale parisienne.

(7) En 1852, l'auteur fut victime des plus atroces calomnies, et d'autant plus dangereuses qu'elles s'étaient cachées dans l'ombre pour frapper. Heureusement pour celui qui était l'objet de tant de méchancetés, elles furent révélées par un honorable magistrat, qui s'intéressa généreusement à la cause de l'opprimé. Plusieurs autres personnages d'un mérite éminent lui prêtèrent le concours de leur justice et de leur loyauté, et la délation fut flétrie.

Clermont-F., typ. Paul Hubler.

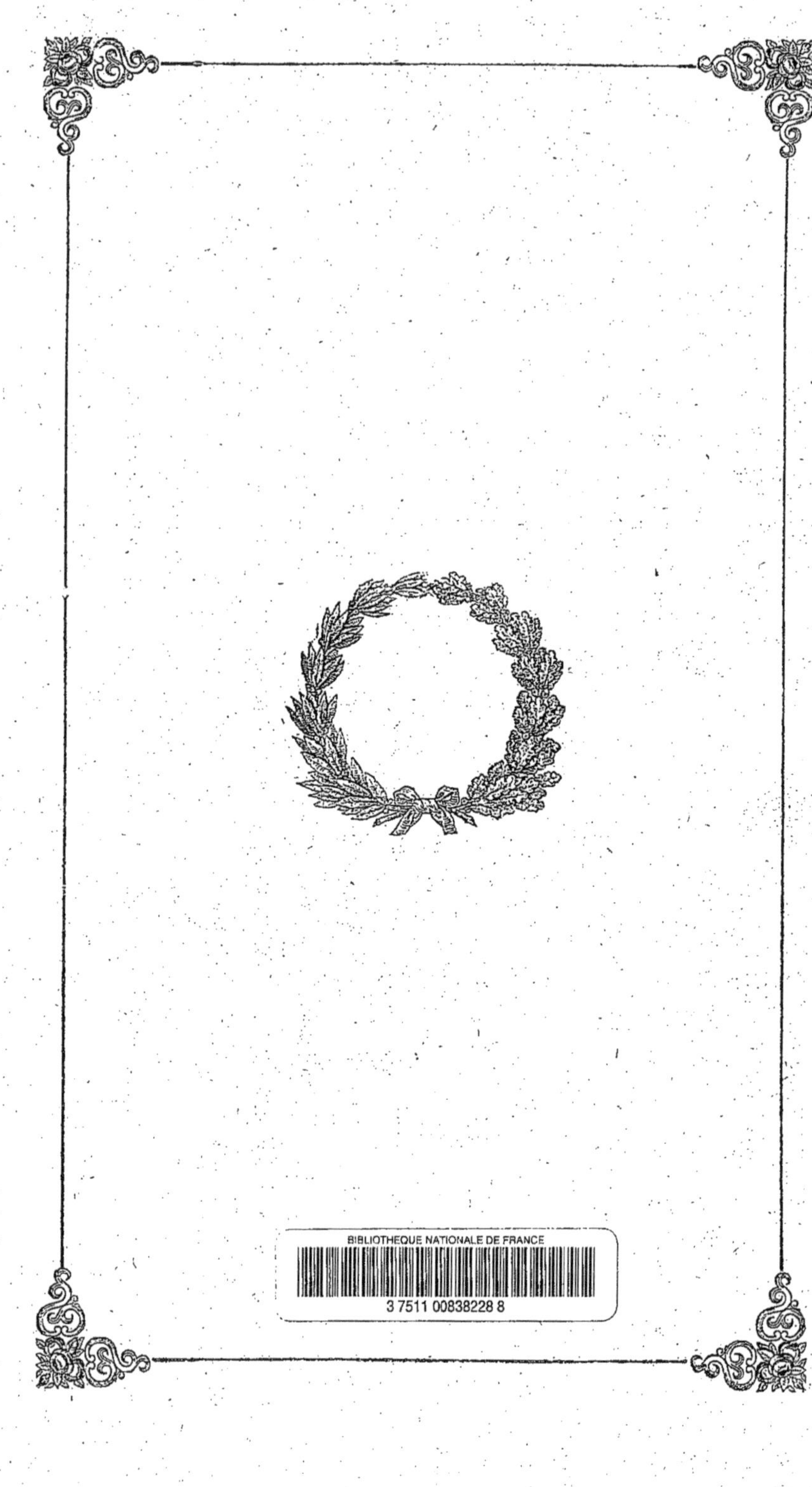